中华优秀传统文化系列剪纸

《朱子家训》

◎ 段朋喆 段朋洁 编著

山西出版传媒集团
山西经济出版社

图书在版编目（CIP）数据

中华优秀传统文化系列剪纸 . 《朱子家训》/ 段朋喆，
段朋洁编著 . -- 太原：山西经济出版社，2017.9（2018.10重印）
ISBN 978-7-5577-0250-2

Ⅰ . ①中… Ⅱ . ①段… ②段… Ⅲ . ①剪纸—作品集
—中国—现代 Ⅳ . ① J528.1

中国版本图书馆 CIP 数据核字（2017）第 219089 号

中华优秀传统文化系列剪纸《朱子家训》

编　　著：段朋喆　段朋洁
出 版 人：孙志勇
选题策划：董利斌
责任编辑：解荣慧
装帧设计：冀小利

出 版 者：山西出版传媒集团·山西经济出版社
地　　址：太原市建设南路 21 号
邮　　编：030012
电　　话：0351-4922133（发行中心）
　　　　　0351-4922085（综合办）
E - mail：scb@sxjjcb.com（市场部）
　　　　　zbs@sxjjcb.com（总编室）
网　　址：www.sxjjcb.com

经 销 者：山西出版传媒集团·山西经济出版社
承 印 者：山西三联印刷厂

开　　本：787mm×1092mm　1/16
印　　张：3.5
字　　数：17 千字
印　　数：6001-10000 册
版　　次：2017 年 10 月　第 1 版
印　　次：2018 年 10 月　第 2 次印刷
书　　号：ISBN 978-7-5577-0250-2
定　　价：23.00 元

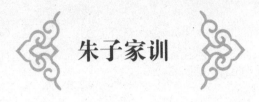

朱子家训

　　《朱子家训》，又名《朱子治家格言》《朱柏庐治家格言》，以修身、齐家为主要内容，教育子弟要勤俭持家、安分守己，以儒家仁、义、礼、智、信的传统思想约束自己的行为。300多年来，《朱子家训》广泛流传，已经成为经典的家庭道德教育启蒙教材，被历代士大夫尊为"治家之经"。

　　朱用纯（1627—1698），字致一，自号柏庐，江苏省昆山县人。明末清初著名的理学家、教育家。从未入仕。其一生研究程朱理学，主张知行并进，与徐枋、杨无咎号称"吴中三高士"。其著作有《删补易经蒙引》《四书讲义》《劝言》《耻耕堂诗文集》《愧讷集》和《大学中庸讲义》等，其中以《朱子家训》最具影响。

目 录

目 录

黎明即起，洒扫庭除，要内外整洁。

天蒙蒙亮的时候就起床，洒水打扫院落，要保持庭院内外整洁。

1

 既昏便息，关锁门户，
必亲自检点。

到了太阳落山的时候就休息，把门窗都锁好，一定要亲自检查。

既昏便息，关锁门户，必亲自检点。

一粥一饭，当思来处不易。

 一粥一饭，当思来处不易。

对每一顿饭，都应当想着它们是来之不易的。

 半丝半缕，恒念物力维艰。

对衣服上的每缕丝线，一直要想着创造它们是很困难的。

半丝半缕，恒念物力维艰。

宜未雨而绸缪，毋临渴而掘井。

 宜未雨而绸缪，毋临渴而掘井。

　　凡事应当提前做好准备，未雨绸缪，不要到口渴了才想起来挖井取水。

 自奉必须俭约，宴客切勿流连。

自己生活，衣、食、住、行一定要勤俭节约；宴请客人，一定不要能流连忘返。

 器具质而洁，瓦缶胜金玉。

如果家用器具干净整洁，即使是普通瓦罐，也比金玉做的要好。

 饭食约而精，园蔬愈珍馐。

如果日常饮食吃得少而精，即使吃的是普通蔬菜也会觉得是珍馐美味。

饭食约而精，园蔬愈珍馐。勿营华屋，勿谋良田。

 勿营华屋，勿谋良田。

不要盖奢华的房屋，不要谋取肥沃的田地。

 三姑六婆，实淫盗之媒。

爱搬弄是非的女人，实际是淫盗思想的传播者。

三姑六婆，实淫盗之媒。

婢美妾娇，非闺房之福。

 婢美妾娇，非闺房之福。

娇美的婢子和妾室，并不是家内的福气。

中华优秀传统文化系列剪纸《朱子家训》

 童仆勿用俊美，妻妾切忌艳妆。

书童和仆人不要选相貌俊美的，妻妾一定不要浓装艳抹。

童仆勿用俊美，妻妾切忌艳妆。

祖宗虽远，祭祀不可不诚。

 祖宗虽远，祭祀不可不诚。

祖宗虽然离我们远去，但是祭祀的事情不可不诚心。

 子孙虽愚，经书不可不读。

子孙虽然愚钝，但经书不可以不学习。

居身务期质朴，教子要有义方。

子孙虽愚，经书不可不读。居身务期质朴，教子要有义方。

 居身务期质朴，教子要有义方。

平常做人、修身一定要品质淳朴，教育子孙一定要用正确的方法。

 莫贪意外之财，莫饮过量之酒。

不要贪图意外得来的财富，不要喝过量的酒。

 与肩挑贸易，毋占便宜。

与那些挑着扁担做小生意的人做买卖，不要占人家的便宜。

 见穷苦亲邻，须加温恤。

见到贫苦的亲戚或邻里，要多加体恤、安抚。

见穷苦亲邻，须加温恤。

刻薄成家，理无久享。

 刻薄成家，理无久享。

如果刻薄的人主持家事的话，按惯例而言是不会永远享福的。

 伦常乖舛，立见消亡。

如果违背伦常乖戾叛逆的话，马上就会消亡。

伦常乖舛，立见消亡。兄弟叔侄，须分多润寡。

 兄弟叔侄，须分多润寡。

对于兄弟叔侄而言，要多多安抚贫寡。

中华优秀传统文化系列剪纸《朱子家训》

 长幼内外，宜法肃辞严。

无论长幼内外，都应家法严格。

长幼内外，宜法肃辞严。 听妇言，乖骨肉，岂是丈夫。

 听妇言，乖骨肉，岂是丈夫。

听从妇人的言论，伤害骨肉亲情，这哪里是大丈夫的作为。

中
华
优
秀
传
统
文
化
系
列
剪
纸
《
朱
子
家
训
》

 重资财，薄父母，不成人子。

看重钱财，不孝顺父母，不是儿女应该有的行为。

重资财，薄父母，不成人子。

嫁女择佳婿，毋索重聘。

 嫁女择佳婿，毋索重聘。

嫁女儿要选择品质好的女婿，不要索取贵重的聘礼。

 娶媳求淑女，勿计厚奁。

娶儿媳要求端庄的淑女，不要计较厚重的陪嫁。

娶媳求淑女，勿计厚奁。见富贵而生谄容者，最可耻。

 见富贵而生谄容者，最可耻。

看见富贵的人就去谄媚的人，是最可耻的。

27

遇贫穷而作骄态者，贱莫甚。

遇到贫穷的人故意做出一副不可一世模样的人，是最低贱的。

遇贫穷而作骄态者，贱莫甚。

居家戒争讼，讼则终凶。

 居家戒争讼，讼则终凶。

　　主持家道一定要防止家里人出现争吵，甚至讼告，因为诉讼终究会导致祸患。

 处世戒多言，言多必失。

为人处世要戒多说话，言多必失。

处世戒多言，言多必失。

勿恃势力而凌逼孤寡。

 勿恃势力而凌逼孤寡。

不要仗着势力去凌辱威逼弱者。

 毋贪口腹而恣杀牲禽。

不要为了贪图嘴上的享受而恣意屠杀牲畜和家禽。

毋贪口腹而恣杀牲禽。

乖僻自是，悔误必多。

 乖僻自是，悔误必多。

如果性格乖僻、自以为是，那么会有很多令人后悔和失误的事情。

 颓惰自甘，家道难成。

颓废懒惰、自甘堕落，是难以成就家道的。

中华优秀传统文化系列剪纸《朱子家训》

 狎昵恶少，久必受其累。

与恶少过分亲近而且态度轻佻，久而久之一定会被他们连累。

 屈志老成，急则可相依。

与老练的人交往，如果碰到紧急的事情可以寻求他们的帮助和指导。

屈志老成，急则可相依。

轻听发言，安知非人之谮诉，当忍耐三思。

 轻听发言，安知非人之谮诉，
当忍耐三思。

　　轻易听取别人的话，又怎么能知道这些话不是别人的污蔑之语呢，应当冷静多思考。

 **因事相争,焉知非我之不是,
须平心再想。**

　　因为一些事情互相争吵,又怎么能知道不是因为自己的过错呢,因而要心平气和地再想想。

因事相争，焉知非我之不是，须平心再想。

施惠无念，受恩莫忘。

 施惠无念，受恩莫忘。

　　帮助过别人的事情别再整日想着别人会回馈于你，受到别人的恩惠一定不要忘记。

 凡事当留余地，得意不宜再往。

做任何事都要留有余地，春风得意之时就要适可而止，不能贪求太多。

凡事当留余地，得意不宜再往。

人有喜庆，不可生妒忌心。

 人有喜庆，不可生妒忌心。

　　别人有喜庆的事情，不能有妒忌的心理。

 人有祸患，不可生喜幸心。

别人遇到祸患的时候，不要幸灾乐祸。

善欲人见，不是真善。

有善心一心想要让别人知道，那善心就不是真正的善心。

中华优秀传统文化系列剪纸《朱子家训》

恶恐人知，便是大恶。

有作恶的打算怕别人知道，这就是大恶。

 见色而起淫心，报在妻女。

见到美色而有非分之想，恶果就会报应在妻子和女儿身上。

中华优秀传统文化系列剪纸《朱子家训》

 匿怨而用暗箭，祸延子孙。

把对人的怨恨藏在心头，暗箭伤人，那么祸患就会延及子孙。

匪怨而用暗箭，祸延子孙。

家门和顺，虽饔飧不济，亦有余欢。

 家门和顺，虽饔飧不济，亦有余欢。

　　如果家里人关系都融洽，即使是三餐不继，也有高兴的事情。

 **国课早完，即囊橐无余，
自得至乐。**

早日上缴国家的赋税，即使口袋里面没有多少余钱，也自得其乐。

 读书志在圣贤，非徒科第；
为官心存君国，岂计身家。

　　读书的志向在于学习圣贤，而不仅仅为了科举考试中举；做官的时候心里要有国君和国家，哪能仅仅计较自己家庭的得失。

 守分安命，顺时听天。
　　　　为人若此，庶乎近焉。

　　守住做人的本分安于命运，顺从时令听从天意。如果做人是这样的话，可以说很完美了。